Ce livre appartient à

Je lis avec Mickey

VOLUME

1

Le Cadeau-surprise de Mickey

© 1991 The Walt Disney Company. © 1991 Magazines Publicor Canada Inc. Tous droits réservés selon la Convention internationale et panaméricaine des droits d'auteurs. Publié en anglais aux États-Unis et au Canada par Bantam Books Inc., New York, sous le titre de *Mickey's Birthday Surprise*.
ISBN 2-921200-18-X (collection)
ISBN 2-921200-19-8 (volume 1)
Imprimé aux États-Unis.
Collection Jeunesse de Walt Disney

Un jour, Pluto et Molly, la petite chatte de Mickey, regardent Mickey s'affairer dans la cuisine. Mickey dresse la table. Au centre, il pose un grand plat de biscuits et un grand plat de gâteaux au chocolat et aux noix. Puis, il prépare un gros pichet de limonade.

«Nous allons avoir de la visite», se dit Molly toute contente.

«Je me demande bien qui s'en vient», pense Pluto.

Mickey remarque que Pluto et Molly dévorent des yeux les friandises qu'il vient de poser sur la table. Il les pousse gentiment vers la porte en leur disant : «Vous deux, allez jouer dehors en attendant la visite.»

Dehors, Pluto aperçoit un colis à côté de la boîte aux lettres. Il s'approche en courant et renifle. Mais il n'arrive pas à savoir ce qu'il y a à l'intérieur. Molly se frotte à son tour contre le colis, mais ne voit pas non plus ce qu'il peut contenir. Pluto décide alors d'apporter le colis à Mickey. Ensemble, ils finiront bien par trouver!

Pluto apporte le colis à Mickey et le dépose à ses pieds.

«Oh! merci Pluto! s'exclame Mickey. Grand-mère Donald m'a envoyé un cadeau d'anniversaire. C'est aujourd'hui mon anniversaire, tu sais!»

Mickey se met à déchirer le papier et le ruban d'emballage.

«Ce que je vais m'amuser avec ça!» pense Molly en voyant Mickey jeter le papier et le ruban.

Puis Mickey ouvre la boîte. «Ça, alors! s'écrie-t-il.
C'est un chaton-jouet. Qu'il est mignon avec son joli
collier vert!»

Mickey aperçoit un remontoir situé sur le côté du chaton.

«C'est peut-être une boîte à musique», se dit Mickey en tournant la clé. Il remet le jouet par terre. Une adorable musique commence à se faire entendre et, à la grande surprise de Mickey, le chaton-jouet se met à sautiller tout autour de la pièce en tapant dans ses pattes et en miaulant doucement.

«N'est-il pas charmant!» s'exclame Mickey.
Pluto remue la queue. Mais le jouet effraie Molly.
Elle courbe le dos, se dresse le poil et se met à cracher
pour lui montrer qui est la maîtresse.
«Comme tu es bête, Molly! lui dit Mickey. Ce
chaton-jouet ne peut pas te faire de mal, voyons!»

Quand la musique s'arrête, Mickey laisse le jouet par terre et se met à épousseter les tables et à secouer le tapis.

Pluto oublie le chaton-jouet et s'allonge pour faire une sieste.

Curieuse, Molly s'approche doucement du jouet qu'elle veut revoir danser. Elle lui donne un coup de patte. Mais le jouet reste immobile, couché sur le côté.

Mickey s'élance vers elle et ramasse le jouet.

«Eh là! fais attention, Molly! lui dit-il en fronçant les sourcils. Ce jouet est très spécial, je ne veux pas qu'on me le brise.»

Toute triste, Molly va rejoindre Pluto qui dort, se blottit contre lui et décide d'attendre les invités.

Au bout de quelques minutes, on sonne à la porte. Mickey va ouvrir. Pluto et Molly se lèvent et vont accueillir Donald et ses neveux.

«Bonne fête!» chantent-ils.

«Entrez donc!» leur dit Mickey tout joyeux. Donald suit Mickey, tandis que les neveux s'en vont jouer avec Pluto et Molly.

Pluto trouve sa balle et la lance aux pieds de Fifi. Riri et Loulou se mettent à rire en voyant Molly bondir sur la corde qu'ils lui ont apportée. Tout le monde s'amuse jusqu'au moment où Donald s'écrie : «Hé! les garçons! venez voir. Mickey a reçu un nouveau jouet.» Fifi, Riri et Loulou se précipitent pour jouer avec le chaton-jouet et laissent Pluto et Molly tout seuls.

C'est alors que Daisy et Minnie arrivent. Daisy se
met à flatter la tête de Pluto, tandis que Minnie prend
Molly pour la caresser.

«Toc, toc, toc», fait la queue de Pluto en remuant.

«Ronron, ronron, ronron», fait Molly.
Tout à coup, le jouet s'élance vers eux en tournoyant.

«Comme c'est mignon!» crie Minnie en remettant vite Molly par terre. Daisy et elle s'en vont s'amuser avec le nouveau jouet.

Molly et Pluto sont tout contents de voir arriver
Dingo qui leur apporte toujours de délicieuses gâteries.
Pluto remue la queue en espérant en recevoir une.
Mais, en apercevant le nouveau jouet de Mickey,
Dingo s'élance et laisse Molly et Pluto tout seuls.

Pluto et Molly se regardent. Ils se sentent blessés.
«De toute façon, on n'a pas besoin d'eux pour
jouer!» semble dire Molly. En exécutant quelques pas
de danse, Molly se dirige vers la corbeille dans
laquelle Mickey a jeté le papier et le ruban
d'emballage. Pluto la suit.

Molly tire le ruban et se met à courir avec lui.
Amusé, Pluto la regarde jouer. Le ruban s'entortille
tant et si bien autour de Molly que Pluto ne lui voit plus
que le nez, les oreilles et la queue. Et le voilà
incapable de libérer Molly!

Arrive Mickey qui aperçoit Molly prisonnière dans la boule de ruban.

«Attends, je vais te libérer», dit Mickey. Il retire délicatement le ruban d'entre les pattes de Molly et le jette.

«Bon, cette fois, Molly, ne touche plus au ruban! Et ne te fourre plus dans le pétrin!» gronde Mickey.

Mais Molly fait la sourde oreille. Elle se lèche la patte comme si elle n'avait rien entendu.

Mickey retourne à ses invités et au jouet. Molly revient vers Pluto. «Allons jouer ailleurs», semble-t-elle lui dire.

Mais Pluto ne s'intéresse plus aux jeux de Molly. Il lui donne un petit coup de langue et s'en va rejoindre les autres. Après tout, Dingo va peut-être se rappeler de lui donner sa gâterie.

Molly n'en revient pas. Même son ami Pluto la laisse seule!

Elle cherche autre chose à faire. Elle saute sur le bord de la fenêtre et se met à regarder dehors. Là-bas, les choses lui semblent plus intéressantes.

«Je sais bien que je dois rester dans la maison, se dit Molly. Mais personne ne s'occupe de moi!»
Elle regarde une fois encore Pluto fasciné par le jouet. Elle saute dans la cour et, en moins de deux, disparaît.

Pendant ce temps, Pluto commence à se lasser des cabrioles du jouet qui recommence toujours les mêmes choses. Ce n'est pas comme Molly...

«Mais, au fait, où est passée Molly?» se demande Pluto. Il se met à sa recherche en inspectant chacun de ses coins préférés. Mais il ne la trouve nulle part.

Pluto commence à s'inquiéter. Il s'avance vers Mickey et le pousse du museau pour lui dire que Molly est disparue. Mais Mickey ne comprend pas ce que Pluto essaie de lui dire. Il pense qu'il veut jouer avec le nouveau chaton.

«Désolé, Pluto, tu ne peux pas jouer avec ce chaton. C'est un jouet très spécial, qui est très fragile. Va plutôt jouer avec Molly.» Et Mickey retourne à son jouet.

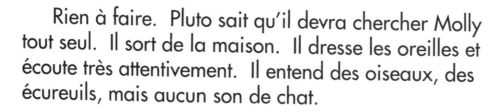

Rien à faire. Pluto sait qu'il devra chercher Molly tout seul. Il sort de la maison. Il dresse les oreilles et écoute très attentivement. Il entend des oiseaux, des écureuils, mais aucun son de chat.

Il fouille chaque buisson de la cour. Il cherche et cherche, mais ne trouve aucune trace de Molly. Molly est introuvable!

Pluto se dirige vers le bois, derrière la maison de Mickey. Le bois est plein de gros arbres. Tout à coup, les oreilles de Pluto se dressent tout droit. Il lui semble bien avoir entendu un timide miaulement au loin. «Cela ressemble à Molly», se dit Pluto en se mettant à suivre les miaulements qui se font de plus en plus forts.

Tout à coup, Pluto entend «MIAOU, MIAOU»
au-dessus de lui. Il lève la tête et aperçoit Molly.
«Comment diable a-t-elle bien pu grimper jusque-là?
se demande Pluto. Et comment faire pour qu'elle en
redescende maintenant?»
Pluto sait que la seule solution, c'est d'aller chercher
Mickey.
«Je reviens avec de l'aide, aboie Pluto. Ne bouge
surtout pas!»

Il fonce vers la maison, rentre en toute hâte.
Les invités sont partis. Mickey vient tout juste de ranger
les restes de son gâteau d'anniversaire.
 Pluto saute sur Mickey et commence à sangloter.
 «Que se passe-t-il, Pluto? demande Mickey.
Veux-tu que je te suive?»
 Pluto jappe comme pour lui répondre «oui».

«D'accord, je te suis», dit Mickey.
Accompagné de Mickey, Pluto fonce à toute vitesse vers le bois.

Lorsqu'ils arrivent à l'arbre où est perchée Molly,
Pluto lève la tête et aboie.

«Juste ciel! Incroyable! Ne t'en fais pas, ma petite
chatte, je vais te délivrer», crie Mickey.

«Pluto, toi, tu restes ici avec Molly. Moi, je vais
chercher une échelle et je reviens tout de suite.»

En moins de deux, Mickey est de retour avec une échelle. Il y monte et rejoint Molly qu'il prend doucement dans ses bras. Une fois ses amis descendus, sains et saufs, Pluto fait une belle caresse à Molly.

«Tu es un brave chien, Pluto, dit Mickey. Et un bon ami aussi. Bien meilleur ami que je ne l'ai été pour vous deux aujourd'hui.»

Molly se contente de miauler timidement. Elle est d'accord, naturellement!

De retour à la maison, Mickey donne un bol de lait à Molly et un morceau de son gâteau d'anniversaire à chacun de ses deux amis.

Puis, il pose le jouet sur la table pour qu'ils s'amusent avec, plus tard, tous ensemble.

«Tu sais, dit Mickey en flattant la tête de Molly, aucun chaton-jouet n'est aussi spécial que toi. Te retrouver saine et sauve, c'est bien le plus beau des cadeaux d'anniversaire.»

Comme il a la gueule trop pleine pour aboyer, Pluto agite rapidement la queue comme pour dire : «Je suis bien d'accord!»

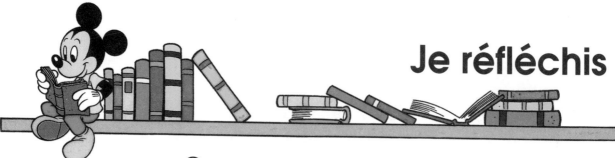

Je réfléchis

Que ressentent-ils?

Au début de l'histoire, que ressentent Mickey, Pluto et Molly pour le nouveau jouet? Pour t'aider à te souvenir, regarde l'image ci-dessous. À la fin de l'histoire, que ressent Mickey pour le chaton-jouet? Que ressent-il pour Molly?

Lorsque votre enfant aura terminé les activités de ce livre, consultez le *Guide des parents* pour connaître les réponses et découvrir d'autres jeux, activités et idées. Le *Guide des parents* est GRATUIT à l'achat du volume 2.

Sentiments sincères

Qu'as-tu retenu de cette histoire? Lis les phrases ci-dessous et réponds par vrai ou faux. Explique pourquoi.

1. Molly a aimé le chaton-jouet dès le début.
2. Pluto a été étonné de voir le chaton-jouet danser et jouer de la musique.
3. Le chaton-jouet effrayait Mickey.
4. Tous les amis de Mickey ont été impressionnés par le chaton-jouet.
5. Le chaton-jouet aimait boire du lait dans le bol de Molly.

Je m'amuse avec les mots

Montre ce que tu ressens!

Mickey veut savoir de quoi tu as l'air lorsque tu es triste, content, surpris, idiot, intimidé, inquiet. Qu'est-ce qui te rend comme ça?

Jeu de mots avec anniversaire

Combien de mots peux-tu faire avec les lettres du mot ANNIVERSAIRE? Voici quelques mots que Mickey a trouvés pour t'aider à commencer.